BRIGITTE SCHÄR

BIEST AUF DER SPUR

ILLUSTRATION
ANDREA CAPREZ

SJW

WAS IN TEIL 1 BEREITS GESCHEHEN IST:

Domino und ihr bester Freund Damian erforschen den reich gefüllten Keller einer verlassenen Villa. Als Damian mit seiner Familie ins Ausland zieht, bleiben die beiden in Verbindung.

Da macht Domino in «ihrem» Keller eine unglaubliche Entdeckung. Sie trifft auf ein seltsames Wesen. Es geht auf zwei Beinen, spricht ihre Sprache und taucht sogar in ihren Träumen auf. Sie nennt es Biest.

Kurz darauf verschwindet es wieder aus dem Keller. Ein paar Tage später erhält Domino ein Paket von Damian. Darin befindet sich das versteinerte Biest. Domino hofft, dass es im dunklen Keller wieder lebendig wird, und bringt es zur Villa zurück.

Endlich stand ich vor der Villa. Das war schon mal gut.

Und jetzt? Wie sollte ich es jemals mit dem schweren Biest über den Zaun schaffen? Zu Hause war ich sicher gewesen, dass ich das schon irgendwie hinkriegen würde.

«Mist, Mist, Mist», sagte ich. «Biest, hörst du mich? Wir haben ein Problem. Sei so gut und klettere selber auf die andere Seite.»

Biest tat mir den Gefallen nicht.

Als ich überlegte, was ich tun sollte, hörte ich Geräusche aus dem Garten. Schritte näherten sich auf dem Kiesweg.

Ich beeilte mich, die Kiste vom Skateboard zu stemmen, um sie hinter dem Gebüsch zu verstecken. Zu spät! Schon drehte sich ein Schlüssel knirschend im Schloss.

Ein Mann trat aus dem Tor. Er ging zum Briefkasten und nahm die Post heraus. Als er sich umdrehte, entdeckte er mich.

«Hallo!», sagte er. «Was machst du denn hier? Ist das Paket für mich?»

«Ich hab's gerade gefunden», sagte ich. Das Herz klopfte mir bis zum Hals.

«Das ging ja schnell. Ich habe es nicht so früh erwartet. Warum hat man es hier abgestellt? Und nicht geklingelt?»

Der Mann packte die Kiste und hob sie hoch.

«Ganz schön schwer! – Na dann, tschüss», sagte er und trat durch das Tor in den Garten zurück.

«Darf ich reinkommen?», rief ich ihm hinterher.

«Warum?», fragte der Mann überrascht zurück.

«Weil dieses Haus so besonders und geheimnisvoll ist», antwortete ich schnell. «Ich habe schon oft in den Garten geschaut.»

«Du hättest also gern eine Garten- und Hausführung?», fragte der Mann und lachte. «Dann komm mal mit. Meine Frau und ich haben allerdings nicht viel Zeit. Wir müssen gleich weg. Für einen Eindruck sollte es aber reichen.»

Und schon war auch ich im Garten.

«Schliess bitte das Tor mit dem Schlüssel ab und nimm ihn mit!», bat der Mann. «Du musst kräftig drehen, das Schloss klemmt etwas.»

Mit beiden Händen schaffte ich es.

«Gehört das Haus Ihnen?», fragte ich, als wir nebeneinanderher gingen.

«Ja», antwortete der Mann. «Es ist schon seit Generationen im Besitz unserer Familie.»

«Wohnen Sie jetzt hier?», fragte ich weiter.

«Meine Frau und ich sind gestern zurückgekommen. Nach vier Jahren im Ausland», erklärte der Mann. «Der Garten ist unglaublich verwildert. Ein richtiger Urwald.»

Es war seltsam, durch die Haustüre zu treten und nicht wie sonst durch den geheimen Durchschlupf zu steigen.

Und es war auch seltsam, das Innere des Hauses bei Tageslicht zu sehen. Alle Fenster standen offen, und Sonnenstrahlen fielen herein.

«Nadine, kommst du mal?», rief der Mann.

Und zu mir sagte er leise: «Einen Moment bitte, das Paket muss in den Keller. Meine Frau darf es nicht sehen. Da ist ein Geschenk für sie drin. Zu ihrem Geburtstag. Der ist aber erst in zwei Wochen.»

Der Mann verschwand. Kurz darauf war er wieder zurück.

Auch seine Frau erschien.

«Oh, wir haben Besuch», sagte sie und lächelte mich an. «Den ersten in diesem Haus, seit wir zurück sind. Ich bin Nadine. Und mein Mann heisst Patrick. Patrick und Nadine Keller.»

«Ich heisse Domino Sager!»

«Domino ist ein besonderer Name», bemerkte Nadine.

«Ja, stimmt», sagte ich.

«Sager?», hakte Patrick nach. «Ich kenne hier im Ort nur einen Sager, Andreas Sager. Er ging mit mir in die gleiche Klasse. Genauer gesagt: mit uns. Auch mit Nadine. Er hat ein Computergeschäft, zusammen mit seiner Frau. Und ich glaube, sie haben eine Tochter.»

«Das bin ich. Andreas Sager ist mein Vater.»

«Wie schön, das freut mich», sagte Patrick. «Verstehst du auch etwas von Computern, Domino?»

«Klar», sagte ich. «Ich habe schon von klein auf einen eigenen Laptop.»

Dann sassen wir im Wohnzimmer, Nadine, Patrick und ich.

Ich bekam einen leckeren Himbeer-Eistee, und die beiden Erwachsenen tranken Kaffee. Wir prosteten uns zu.

Ich fühlte mich wohl mit ihnen. Dass sie meinen Vater schon so lange kannten, war schön.

Ich schaute mich um. Wir waren umgeben von all den kostbaren alten Dingen, die Damian und ich im Licht der Taschenlampen auf unseren Streifzügen durch das Haus bestaunt hatten.

«Es fühlt sich eigenartig an, wieder hier zu sein, nach der langen Zeit in Mexiko», sagte Nadine.

«Warum waren Sie in Mexiko? Und warum sind Sie jetzt wieder hier?», fragte ich.

«Wir sind beide Archäologen und waren für ein spannendes Forschungsprojekt in Mexiko. Nun ist unsere Arbeit beendet, und wir sind zurück.»

«Mein bester Freund Damian ist auch gerade in Mexiko. Für zwei Jahre.»

«Das ist ja ein Zufall», sagte Patrick.

«Es gibt keine Zufälle», meinte Nadine und lächelte.

Patrick erzählte, dass er in diesem Haus aufgewachsen sei und dass sein Vater und auch schon sein Grossvater Ärzte gewesen seien. Mit einer eigenen Praxis hier im Haus.

«Dass ich Archäologe werden wollte, wusste ich schon als Kind.»

«Ich will später auch Archäologin werden.»

«Wirklich? Noch einmal ein Zufall. Super! Das hören wir gern.»

«Jetzt müssen wir leider los», sagte Nadine und erhob sich. «Komm uns doch bald wieder einmal besuchen, Domino. Du bist jederzeit willkommen.»

«Grüss deinen Vater von uns. Oder noch besser, bring ihn das nächste Mal gleich mit», sagte Patrick.

Wir verliessen das Haus.

«Darf ich ein Foto von uns dreien machen? Und etwas vom Haus und vom Garten muss auch mit drauf.»

Nadine und Patrick hatten nichts dagegen.

Leider hatte ich meinen Rucksack mit der Kamera nicht dabei. Aber mit dem Handy ging es auch. Wir platzierten es so auf einem der beiden leeren Sockel links und rechts des Kieswegs, dass wir und auch der Hintergrund schön im Bild waren. Dann startete ich den Selbstauslöser, rannte zurück zu Patrick und Nadine und stellte mich vor sie. Das wiederholten wir noch zweimal.

«Sollen wir dich im Auto mitnehmen?», fragte

Patrick, als wir auf dem Trottoir standen.

«Nicht nötig. Ich fahr mit dem Skateboard.»

Nachdem wir einander noch einmal zugewinkt hatten, fuhren die beiden weg.

Ein bisschen traurig war ich schon, dass «unser» Haus, Damians und meins, doch jemandem gehörte.

Zum Glück hatte Patrick übersehen, dass das Paket mit den vielen mexikanischen Briefmarken gar nicht an ihn adressiert war. Hauptsache, Biest war wieder im Keller.

Ich hatte nicht vor, nach Hause zu gehen. Ich konnte Biest doch nicht allein lassen. Stattdessen ging ich den Zaun entlang um die Ecke und dann zwischen Büschen und einem kleinen Bach hindurch bis zu der Stelle, an der ein paar grosse Holzstücke lagen. Auf die stieg ich nun und konnte so das Seil packen, das Damian und ich am Ast eines Baumes befestigt hatten.

Schon war ich im Garten.

Und weiter ging's auf dem Trampelpfad, den unsere Füsse im Laufe der Zeit im Dickicht hinterlassen hatten.

Hinter dem Haus zwängte ich mich durch das kleine Fenster, das hinter Pflanzen gut versteckt und nur angelehnt war.

Ich hätte das elektrische Licht im Keller anmachen können, weil es nun wieder Strom gab. Das wollte ich aber nicht. Lieber zündete ich eine Fackel an, so wie immer.

Das Paket war einfach zu finden. Patrick hatte es in der Nähe des Eingangs abgestellt.

Ich riss das Klebeband weg, öffnete den Deckel und leuchtete hinein.

Biest regte sich nicht. Ich streichelte ihm über den Kopf.

«Du brauchst sicher noch etwas Zeit. Kein Problem. Ich habe genug zu tun.»

Planquadrat 16 B war an der Reihe.

Während ich die Gegenstände auf dem Boden ausbreitete und mit dem Handy abfotografierte, ging ich hin und wieder zu Biest. Leblos hockte es in seiner Kiste. Schade.

Ich machte zwei Fotos von ihm.

«Biest, ich muss jetzt gehen. Bevor Patrick und Nadine zurückkommen. Die Kiste klebe ich zu, damit Patrick nichts merkt. Aber ich komme bald wieder und schau nach dir. Versprochen. Ich zeige dir dann auch meine Fotos.»

In meinem Zimmer machte ich als Erstes meine Hausaufgaben. Dann schaute ich mir die neuen Kellerfotos an.

Es war wie verhext! Alle Fotos waren brauchbar, nur die zwei von Biest waren nichts geworden.

Jetzt wusste ich: Es war unmöglich, Biest zu fotografieren.

Dafür waren die drei Fotos mit Patrick, Nadine und mir gut gelungen. Wir sahen vergnügt aus. Nadine hatte beide Hände auf meine Schultern gelegt. Patrick hielt einen Daumen hoch. Und auch vom wilden Garten war viel zu sehen und vom Haus.

Beim Nachtessen zeigte ich Paps, Mam und Omi diese Fotos.

«Ja, das sind Patrick und Nadine!», rief Paps. «Ich habe die beiden schon jahrelang nicht mehr gesehen. Patrick wohnt also immer noch in seinem Elternhaus. Ich war als Kind oft zum Spielen dort. Und später für Partys. Als Erwachsene haben wir uns dann aus den Augen verloren.»

Nach dem Nachtessen schrieb ich eine Mail.

Hallo Damian
Dein Paket mit dem versteinerten Biest ist angekommen. Danke für das Geschenk!! Schöne Marken!! Biest steht jetzt wieder in «unserem» Keller. Ich habe es heute hingebracht. Mit dem Skateboard. Das war ziemlich schwierig, vor allem wenn ich eine Strasse überqueren musste. Aber ich habe es geschafft. Biest kann man nicht fotografieren!
«Unser» Haus gehört Patrick und Nadine Keller. Ich habe sie kennengelernt. Mein Vater kennt sie auch. Seit der Schulzeit. Patrick und Nadine waren vier Jahre lang als Archäologen in Mexiko. Mexiko!! Jetzt wohnen sie wieder hier.

Es kommen jetzt viele Fragen!!!
1. Wie und wo hast du das versteinerte Biest gefunden?
2. Woher hast du das Foto mit der alten Kirche?
3. Wie kann es sein, dass Biest im Keller sprechen und sich bewegen und gleichzeitig versteinert durch die Welt reisen kann?
4. Wird Biest je wieder lebendig?

*5. Kann es so viele Zufälle geben? Nadine meint, es gebe keine Zufälle.
6. Oder ist Zauberei im Spiel?*

*Bitte schreib mir so schnell wie möglich zurück.
Es ist alles ein Riesenrätsel.
Gute Nacht
Domino*

*PS: Die Fotos von den Gegenständen aus Planquadrat 16 B, die ich heute aufgenommen habe, klebe ich jetzt ins Journalheft Nr. 11.
Und ich schreibe gleich selbst etwas dazu. Du brauchst also nichts zu tun. Du musst nur meine Fragen beantworten.*

Schon am nächsten Nachmittag ging ich nach der Schule direkt zur Villa.

Als ich vor dem Tor stand und klingeln wollte, kam das gelbe Auto der Post angefahren. Es hielt an, und die Fahrerin stieg aus.

«Wohnst du hier?», fragte sie mich.

«Ja», flunkerte ich.

«Sind deine Eltern auch zu Hause?»

Diesmal nickte ich bloss.

«Ich habe ein Paket für sie. Sag ihnen doch bitte, sie sollen es reinholen. Geht das?»

«Klar! Mach ich!», sagte ich.

Die Frau hob ein grosses, schweres Paket aus dem Auto und stellte es ab. Dann fuhr sie weg.

Diese Marken kannte ich doch! Es waren eindeutig mexikanische.

Nachdem ich geklingelt hatte, hörte ich Patricks Stimme aus der Gegensprechanlage.

«Wer ist da?»

«Ich bin's, Domino. Es ist gerade etwas mit der Post gekommen.»

«Einen Moment. Ich bin gleich bei dir.»

Schon bald erschien Patrick.

«Guten Tag, Domino. Schön, dich wiederzusehen.» Er beugte sich über das Paket.

«Schon wieder aus Mexiko? Für mich?» Diesmal las er die Adresse. «Tatsächlich!»

Er hob die Kiste an. «Und wieder ganz schön schwer. Sehr interessant! Keine Ahnung, was das sein könnte. Ich habe keine weitere Sendung mehr erwartet. – Willst du einen Moment reinkommen? Du kommst sicher gerade von der Schule.»

Natürlich wollte ich.

Während wir zum Haus gingen, erzählte ich Patrick, dass Paps mir gestern seine Klassenfotos gezeigt hatte, auf denen auch er und Nadine zu sehen waren. Und dass Paps sich genauso auf ein Wiedersehen mit ihnen freute.

Wir traten ins Haus.

«Nadine ist beim Friseur. Sie sollte jeden Moment zurück sein», bemerkte Patrick. «Nun wollen wir mal sehen, was in diesem Paket ist.»

Noch während er es öffnete, ahnte ich schon, was drin war.

Patrick hob das schwere Ding heraus und wickelte es aus der Noppenfolie.

Es war Biest!

Patrick starrte es verwirrt an.

«Diese Figur müsste eigentlich im Keller stehen. Wenn sie sich aber hier befindet, was ist dann im Keller?»

«Das Gleiche noch einmal», rutschte es mir heraus.

Patrick lachte. «Kannst du hellsehen?»

«Irgendwie schon.»

«Moment», sagte Patrick. «Das lässt sich feststellen. Bin gleich wieder da.»

Er eilte davon.

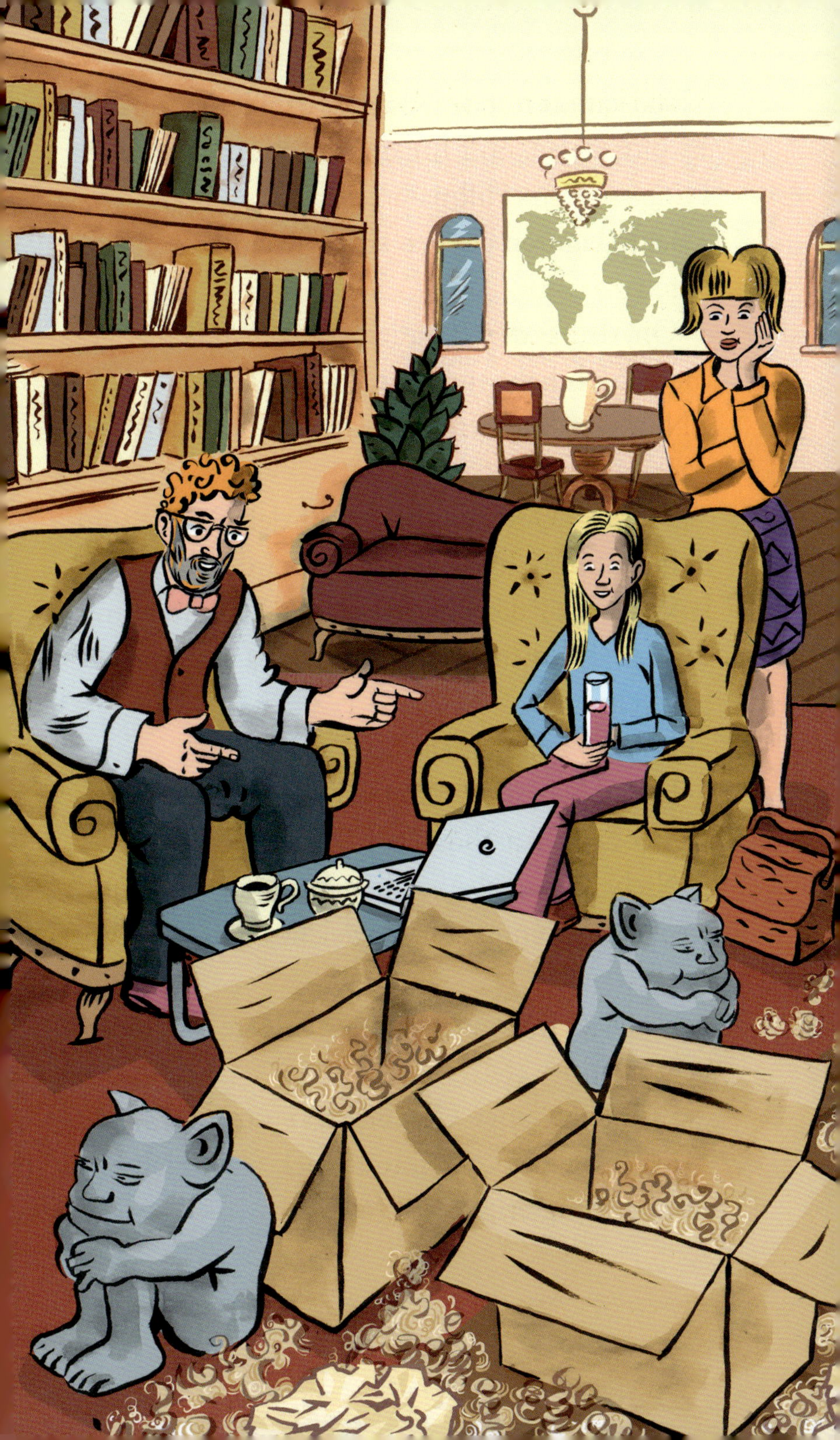

Bald kam er mit der Kiste aus dem Keller zurück. Er öffnete sie, griff hinein und hob das schwere Ding aus dem Füllmaterial.

Beide Figuren glichen sich wie ein Ei dem anderen.

«Oh, da hat der Händler wohl einen Fehler gemacht. Ich habe nur eine Figur gekauft.»

Nun erst las Patrick die Adresse auf der Verpackung.

«Seltsam! Domino, hier steht dein Name und deine Adresse. Wie kann das sein? – Und wie kommt das Paket hierher? Und dann noch mit dem gleichen Inhalt? – Hast du es gestern hergebracht?»

«Ja», gab ich kleinlaut zu.

«Und wie hast du das geschafft?»

«Mit dem Skateboard.»

«Nicht schlecht! Aber warum? Und vor allem, weshalb bekommst du die gleiche Figur wie ich?»

Jetzt war der Moment da! Ich musste die Wahrheit sagen.

«Es ist eine lange Geschichte», warnte ich.

«Ich habe Zeit», meinte Patrick. «Und ich bin äusserst neugierig.»

Er holte uns aus der Küche etwas zu trinken. Dann setzten wir uns.

«Das war so…» Ich erzählte ganz von vorn, als Damian und ich noch Sammler waren und wie es dazu kam, dass wir Keller-Archäologen wurden. Ich berichtete Patrick von unserer Arbeit, die ich nun allein weiterführte, mit Damians Hilfe aus der Ferne.

Ich beschrieb meine Begegnung mit Biest. Und das Wenige, das ich über das seltsame Wesen wusste.

«Ich habe es leider nur einmal im Keller getroffen. Dann war es schon wieder weg. Bald darauf bekam ich Damians Paket aus Mexiko, mit dem versteinerten Biest.»

Patrick hörte mir fasziniert zu.

«Und du hast es hierhergebracht, weil du dachtest, dass es im Keller wieder lebendig werden könnte?»

«Genau!»

In diesem Moment piepste mein Handy. Eine Nachricht von Damian. Er fragte, ob ich zu Hause sei und wir skypen könnten.

Ich wollte auch mit ihm reden. Unbedingt. Gleich jetzt.

«Wir können meinen Laptop nehmen», sagte Patrick.

Die Verbindung kam zustande. Das Gesicht von Damian erschien auf dem Bildschirm.

«Hallo, Domino», sagte er und lachte über das ganze Gesicht.

Ich war auch froh, ihn zu sehen. «Warum bist du nicht in der Schule?»

«Hier wird heute der Unabhängigkeitstag gefeiert. Wir haben frei.»

«Weisst du, wo ich gerade bin?», fragte ich.

«Keine Ahnung.»

«Im Haus von Patrick und Nadine. – Schau mal!» Ich drehte den Laptop so, dass Damian die Biest-Zwillinge sehen konnte.

«Voll krass», sagte er. «Sie haben es wirklich geschafft!»

«Wer? Was?»

«Erklär ich dir gleich.»

Ich schwenkte den Laptop weiter.

«Das ist Patrick.»

Patrick hob die Hand: «Hallo, Damian.»

«Und schau, so sieht es hier bei Tageslicht aus»,

fuhr ich fort. Ich stand auf und drehte mich mit dem Laptop in den Händen einmal um mich selbst. Dann setzte ich mich wieder hin.

«Ich beantworte jetzt deine Fragen», sagte Damian.

«Ich habe Biest für dich im Stadtzentrum gekauft. Der Händler hat mir auch das alte Foto von der Kirche mit den steinernen Figuren auf dem Dach gegeben. Gestern, nachdem ich deine Mail bekommen hatte, war ich gegen Abend noch einmal bei ihm im Laden, um ihn wegen Biest zu fragen.

Jetzt wird's verrückt. Passt mal auf! Ihr werdet staunen!

Auf dem Kirchendach gab es jede Figur zweimal. Das kann man auf dem Foto nicht sehen.

Diese Figuren können der echten Zeit, in der wir Menschen leben, vorausreisen. Das wurde bemerkt, als die Figuren nach dem Brand der Kirche in die ganze Welt verkauft wurden. Während sie noch unterwegs an ihre Bestimmungsorte waren, tauchten sie bereits dort auf. Sie waren lebendig und konnten sogar sprechen. Aber nur so lange, bis die wirklichen Figuren eintrafen.»

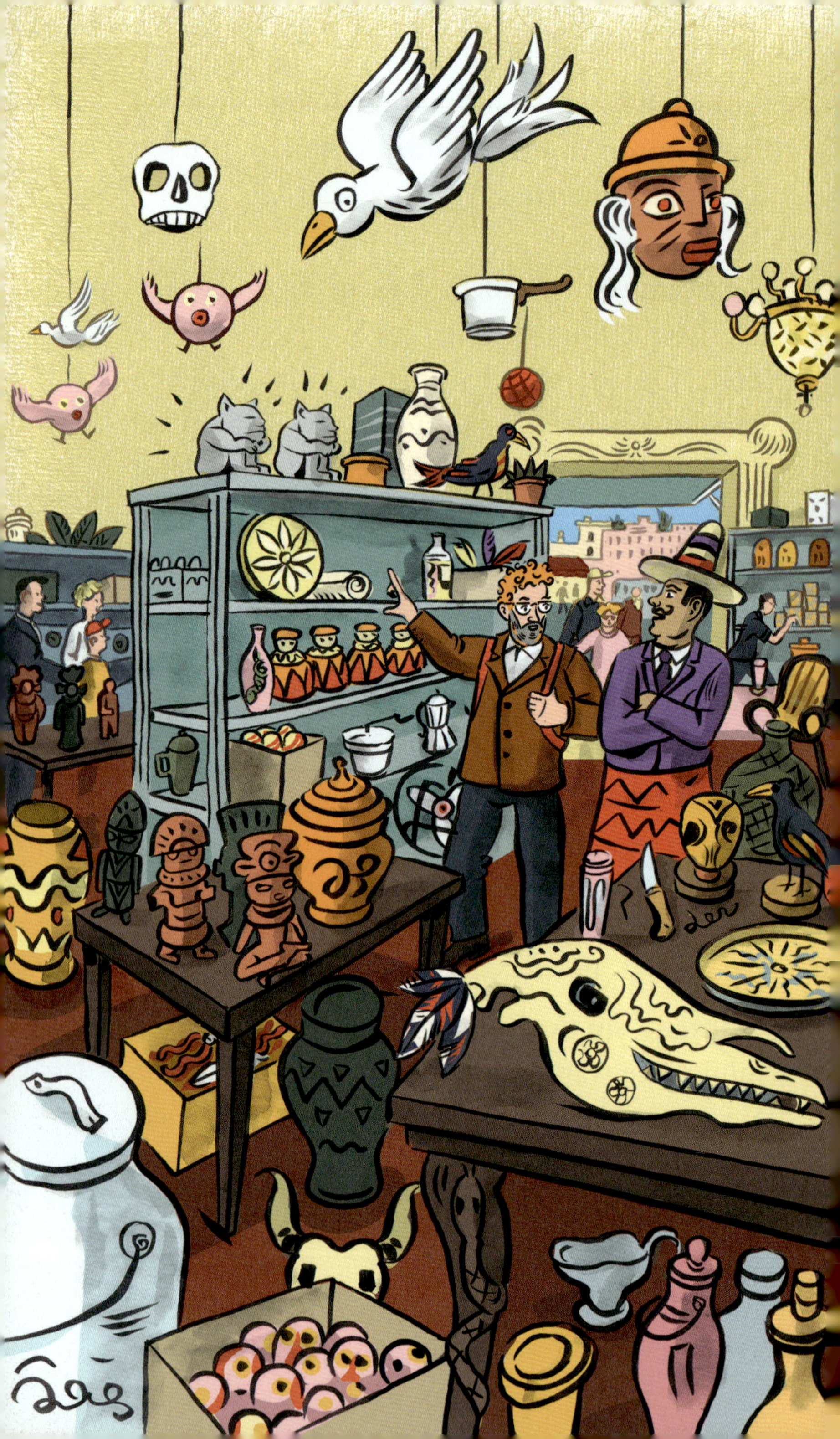

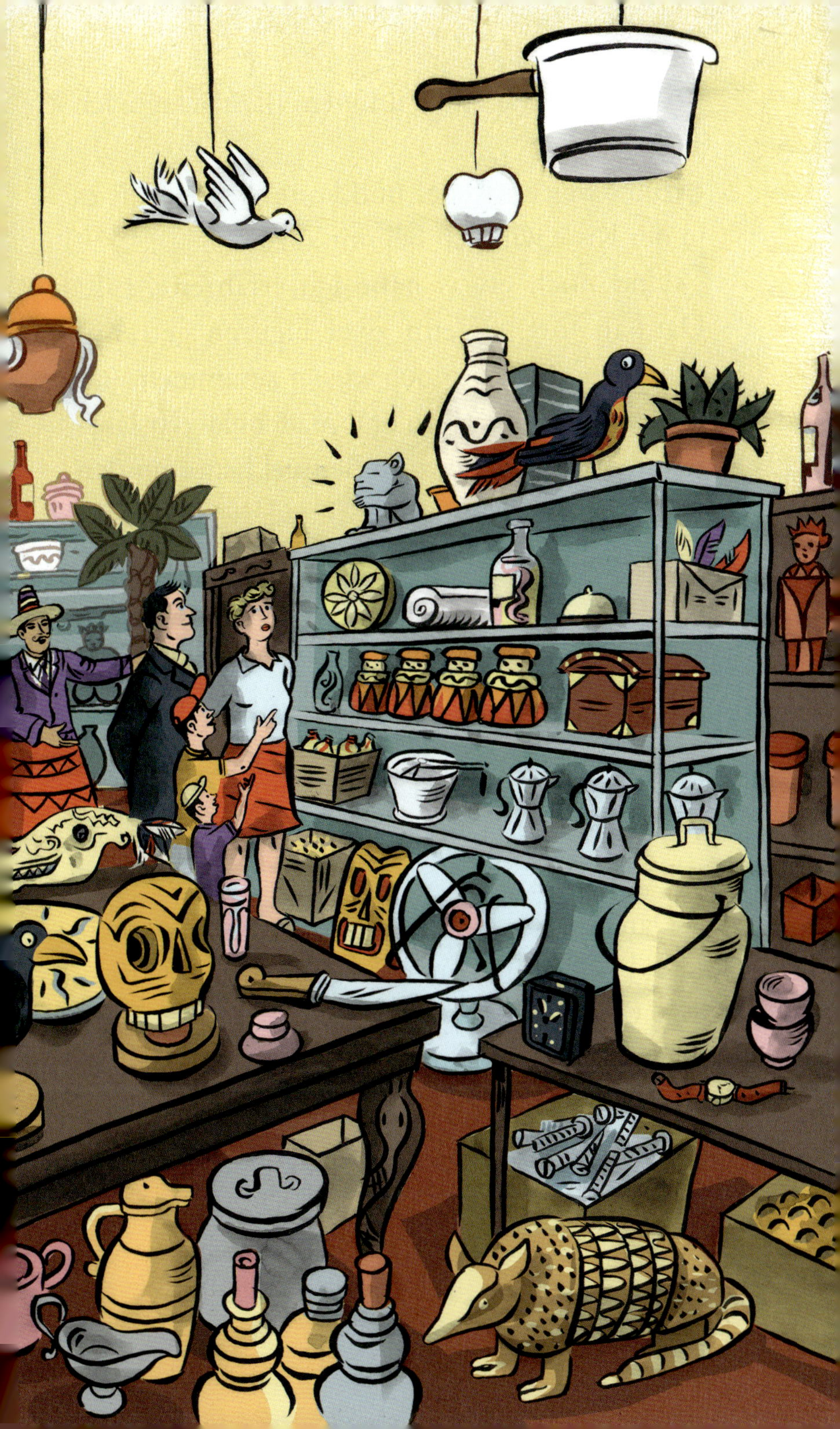

«Genau so war es bei unserem Biest!», sagte ich aufgeregt.

«Biest war im Keller und konnte reden, bis es in der Kiste wirklich bei mir ankam.»

«Und noch etwas habe ich erfahren», fuhr Damian fort. «Wenn zwei Figuren getrennt wurden, fanden sie doch wieder zusammen. Auf verschlungenen Wegen und manchmal erst Jahrzehnte später. Es gab zum Beispiel Leute aus den USA, die haben nach dem Brand die eine Figur eines Zwillingspaares mit nach Hause genommen. Die andere Figur haben Leute aus Schweden gekauft und sie nach Europa gebracht. Und doch waren die zwei Figuren am Ende wieder vereint.»

Was wir gerade gehört hatten, mussten wir erst mal verdauen. Es war mehr als verrückt! Es war unglaublich!

«Damian, sag mal, in welcher mexikanischen Stadt bist du mit deiner Familie?», fragte Patrick.

«In Guadalajara.»

«Das gibt's ja nicht! Dort haben auch meine Frau und ich gelebt! Und wo genau im Stadtzentrum hast du die Figur gekauft? In welcher Strasse?»

«Der Mercado San Juan de Dios ist ganz in der Nähe. – Moment, ich schau nach.» Damian sprang auf und rannte aus dem Zimmer.

Eine Weile starrten wir auf den leeren Bildschirm, dann kehrte Damian mit einem Zettel in der Hand zurück und setzte sich wieder.

«Das Geschäft ist an der Calle 5 de Mayo und heisst ‹Nuestros tesoros›.»

Jetzt war es um Patrick geschehen.

«Na klar!», rief er. «Wir waren beim gleichen Händler. Als ich dort war, habe ich eine von zwei Biest-Figuren gekauft. Und eine für dich übrig gelassen, wie es scheint. Ich habe mir die Figur direkt aus dem Laden nach Europa schicken lassen. Das war drei Wochen vor unserer Abreise.»

Patrick war ganz aufgeregt. Und Damian und ich waren es genauso.

«Die Biest-Zwillinge können ihrer Zeit vorausreisen. Und jetzt sind sie wieder zusammen. Das ist so, so, so super!», rief ich und klatschte vor Begeisterung in die Hände.

In diesem Moment trat Nadine ins Wohnzimmer.

«Hallo, Domino», sagte sie und lächelte.

Als sie die zwei Biest-Figuren nebeneinander

sah, wurde ihr Gesicht ein einziges Fragezeichen.

Nachdem wir Damian und Nadine einander vorgestellt hatten, erzählten wir ihr gemeinsam, was wir jetzt wussten. Die ganze unglaubliche Biest-Geschichte.

Danach war es eine Weile andächtig still. Nur das Ticken der alten Pendeluhr war zu hören.

Nadine durchbrach die Stille.

«Danke für das sehr besondere vorzeitige Geburtstagsgeschenk», sagte sie zu ihrem Mann und gab ihm einen Kuss. Dann fuhr sie fort: «Da die zwei Biester zusammengehören, müssen sie entweder zu Domino nach Hause gebracht werden, oder sie bleiben beide hier.»

«Hier passen sie viel besser hin. Ich kann sie ja jederzeit besuchen kommen», sagte ich.

«In diesem Fall müssen wir einen guten Platz für sie finden», sagte Patrick. «Wollen wir uns gleich mal umsehen?»

«Ja», sagte ich. «Im Garten wäre es doch schön. So sind sie wie früher im Freien.»

«Ich muss jetzt Schluss machen», sagte Damian. «Unsere Familie ist eingeladen. Die Partys haben gestern schon angefangen. Hier ist was los! Das wollen wir uns nicht entgehen lassen.»

«Viel Spass und bis bald!», riefen wir und winkten Damian zum Abschied zu.

«Tschüss», sagte er und hob ebenfalls die Hand. Bevor wir in den Garten gingen, rief Patrick meine Eltern an. Sie waren gerade erst von der Arbeit nach Hause gekommen. Omi hatte sich schon gefragt, wo ich wohl steckte.

Paps, Mam und Omi liessen sich gern für diesen Abend zum Essen einladen.

Ein guter Platz für die beiden Biester war schnell gefunden. Die Sockel auf beiden Seiten des Kiesweges waren wie geschaffen für sie.

«Warum steht da eigentlich nichts drauf?», fragte ich.

«Keine Ahnung», antwortete Patrick. «Die Sockel waren immer schon leer. Seit ich weiss jedenfalls.»

«Das ist doch seltsam», sagte ich.

«Da hast du recht. Ich erinnere mich vage, dass diese Sockel eine Geschichte haben. Es ging um einen Spuk, an den meine Grossmutter glaubte.»

Wir stellten je ein Biest auf die Sockel. Und zwar so, dass sie einander anschauten.

«Schön, dass ihr hier seid», sagte ich. «Und wenn

ihr mal Lust habt, etwas herumzuspazieren und mit mir im Keller zu plaudern, dann tut es. Nur ausreissen geht nicht. Ihr gehört jetzt hierher.»
Nadine wollte ein Foto von mir mit den Biest-Zwillingen machen.

«Das geht nicht!», sagte ich. «Die lassen sich nicht fotografieren.»

Ich tat Nadine trotzdem den Gefallen. Ich stellte mich zwischen die beiden Biester und streckte die Arme nach ihnen aus.

Als wir gleich darauf das Foto anschauten, waren die Sockel leer.

Nadine und ich gingen fürs Abendessen einkaufen.

Patrick stellte in dieser Zeit den Gartentisch auf und holte die staubigen Stühle aus dem Keller. Er steckte auch die wenigen Fackeln, die Damian und ich übrig gelassen hatten, in den Boden.

Es wurde ein sehr schöner Abend, denn es gab viel zu feiern und auszutauschen.

Und natürlich erzählten wir auch meiner Familie alles über die Biest-Zwillinge. Angefangen beim ersten Besuch von Damian und mir in der verlassenen Villa bis heute.

Die drei konnten es kaum fassen. Vor allem nicht, dass ich ein so grosses Geheimnis so lange hatte für mich behalten können.

Während die anderen weiterfeierten, nahm ich eine Fackel und ging zu den beiden Biestern. Sie sahen im flackernden Licht sehr geheimnisvoll aus.
Und nicht nur das! Je länger ich sie anschaute, umso mehr beschlich mich das Gefühl, dass sie nicht bis in alle Ewigkeit schön brav hier auf den Sockeln sitzen bleiben würden…

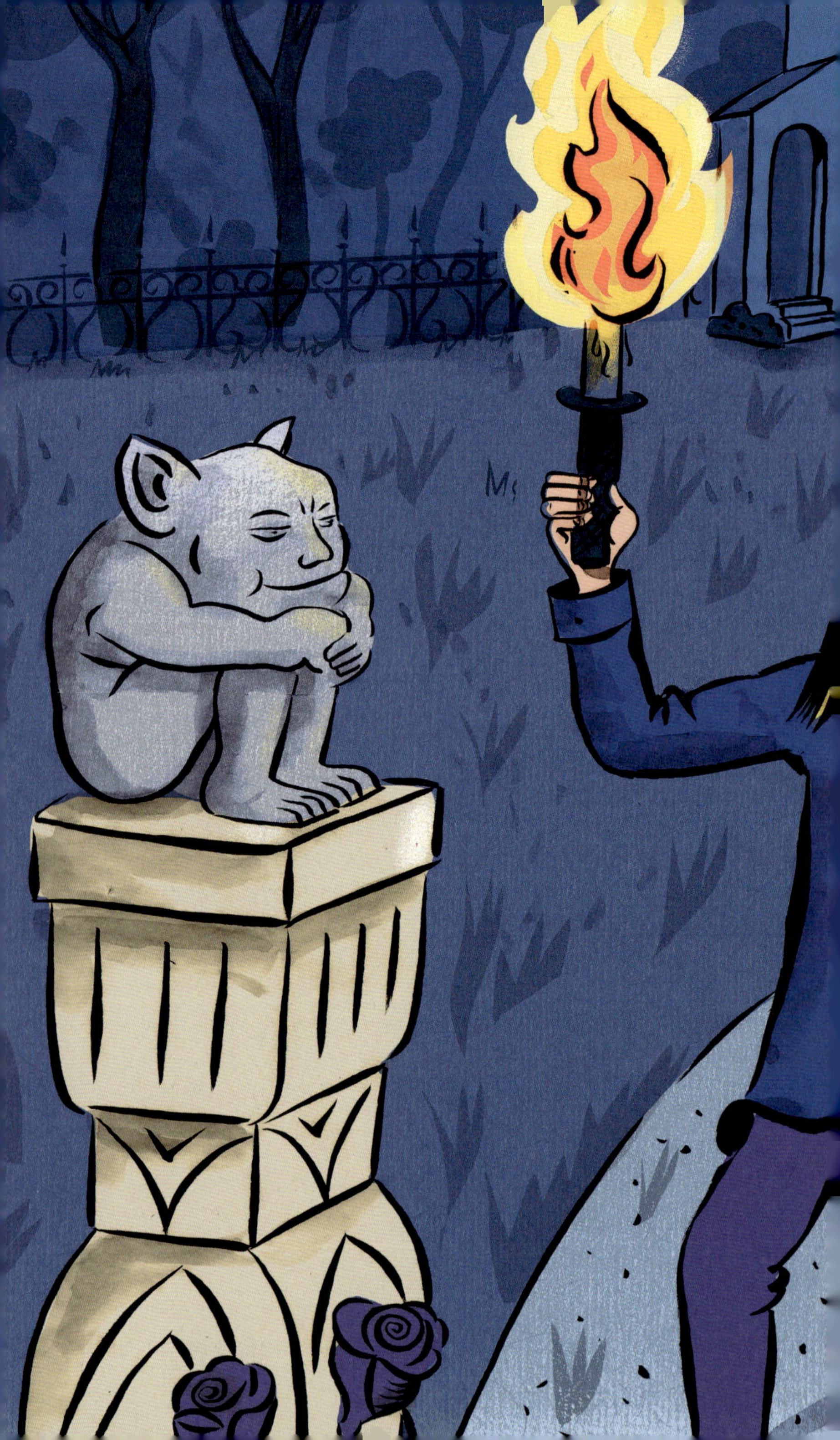

Brigitte Schär ist Schriftstellerin, Sängerin, Performerin und Teaching Artist. Sie leitet Schreibprojekte an Schulen, veröffentlicht Bücher und CDs für Kinder und Erwachsene und ist mit ihren multimedialen Leseperformances und Konzertlesungen bereits in 30 Ländern auf 5 Kontinenten aufgetreten. Ihre Bücher wurden mehrfach ausgezeichnet und in viele Sprachen übersetzt. www.brigitte-schaer.ch

Andrea Caprez ist freischaffender Illustrator, Comiczeichner, Game-Designer sowie Animationszeichner und unterrichtet an diversen Hochschulen. Mit dem Texter Christoph Schuler hat er Comicreportagen aus Flüchtlingslagern in Kenia und Somalia veröffentlicht. www.andreacaprez.ch

Diese Publikation ist die Fortsetzung von «Dominos Geheimnis» (Nr. 2494) und gibt es auch in Französisch (Nr. 2661).

SJW Nr. 2650
ISBN 978-3-7269-0233-9
© 2021 SJW Schweizerisches Jugendschriftenwerk
www.sjw.ch

Abdruck des Inhalts, auch auszugsweise und fotomechanisch, nur mit Einwilligung des Verlags.
Papier: LuxorArt Samt
Schrift: Adobe Garamond Pro, Frutiger Pro
Druck: FO-Fotorotar AG, Egg/ZH

printed in
switzerland

Lieber Damian
Es kommen jetzt viele Fragen!!!
Wo hast du das versteinerte Biest gefunden?
Wie kann Biest gleichzeitig lebendig und versteinert sein?
Wird Biest je wieder lebendig?
Kann es so viele Zufälle geben?
Oder ist Zauberei im Spiel?

Fortsetzung von «Dominos Geheimnis», SJW Nr. 2494

ISBN 978-3-7269-0233-9
SJW Schweizerisches Jugendschriftenwerk
www.sjw.ch, 2. Zyklus